心虹集

殷千枝　著

中国青年出版社

图书在版编目（CIP）数据

心虹集／殷千枝著. -- 北京：中国青年出版社，
2024. 12. -- ISBN 978-7-5153-7678-3

Ⅰ. I227

中国国家版本馆CIP数据核字第2025DB9330号

心虹集

作　　　者：殷千枝

责任编辑：侯群雄　岳超

助理编辑：邹远卓

封面设计：吴梦涵

出版发行：中国青年出版社

社　　　址：北京市东城区东四十二条21号

网　　　址：www.cyp.com.cn

编辑中心：010-57350401

营销中心：010-57350370

经　　　销：新华书店

印　　　刷：三河市华东印刷有限公司

规　　　格：880mm×1230mm　1/32

印　　　张：11

字　　　数：186千字

版　　　次：2025年3月北京第1版

印　　　次：2025年3月北京第1次印刷

定　　　价：62.00元

本图书如有印装质量问题，请凭购书发票与质检部联系调换。联系电话：010-57350337

自序

星河灿烂，浩宇茫茫，芳草萋萋，杨柳依依。有位诗人曾说："天地间有一股长盛不衰的风在悠然吹拂，陶冶着人们的情操，净化着人们的心灵，在每一位善良而又尚美的人的灵魂深处幽幽吟唱，那就是诗。"

中国素以"诗的王国"之名屹立于世界民族之林。中华民族是一个热爱诗歌而且极富诗情画意的民族。

《诗经》、《楚辞》、汉乐府民歌、唐诗、宋词、元曲，恰似世界文学皇冠中颗颗璀璨的明珠，光芒万丈。

古往今来，作为文苑中出乎其类、拔乎其粹的族类，古代诗人都以自己的绰约风姿、卓尔才情，在其时代绘就了一幅幅绚丽多姿的文化画卷，也为后世树立了彪炳千秋、泽被万世的人格典范！"春风大雅能容物，秋水文章不染尘。"他们以诗人独有的至情至性与风神超迈，演绎了一曲曲生命的壮歌！

没有诗歌的社会是一个畸形的社会！没有诗人的民族是一个没落的民族！在这个诗意流失、充满浮华的社会，在这种快餐文化盛行、网络游戏占场的时代，面对着华夏先民遗留下来的宝贵文化遗产和民族精神，作为中华儿女、作为龙的传人，我们难道不应该为民族文化的流传做点什么？我们难道不应该为文化人格的塑造担负起自己的责任吗？

继2014年出版个人散文集《希望的田埂》之后，我便专注于近体诗词的学习和创作。这期间，我既领略到古诗词的音韵之美，又细细锤炼了自己的文字。古典的诗意似春雨般滋润着我的心田，福至心灵，灵感似春苗般勃发，心中更是焕发出无数的彩虹——这也正是"心虹"这两个字的由来。

这十年，在我的诗中有"远山不见近楼灰，天地无形乳一杯"的吟咏；有"芳杯蕴礼推贤老，金露留香对月吟"的惬意；有"白鹭悠悠蓝水平，凤山威武影柔情"的心境；有"闽南大厝皇宫起，何以平民贵族房"的疑惑；有"灵感瞬间成律句，歌吟朗朗远无期"的体悟；有"闺女随身怀月礼，草原落轿泪千行"的感慨；有"上网少年疏典籍，快餐文化使人愁"的感叹；有"安居册载无征战，患把银鹰当纸鸢"的忧心。

凭借诗词这一载体，我书写四季的变换和节气的更迭；我吟咏花草的芬芳和树木的坚毅；我赞叹祖国科技进步、经济繁荣、军事强大；我为摘星妈妈吟唱；我为填岛英雄赋诗；我为中国脱贫奔小康奋笔；我也为乡下空村疾呼……我还能做什么？我要把自己十年来创作的近500篇诗词，挑选一部分与读者分享，为中华传统文化的传承略尽自己的绵薄之力。

中华诗词博大精深，小集所收录的诗词难免会有不妥甚至谬误之处，还望方家见教。

2024 年 4 月 28 日于泉州

目 录
CONTENTS

校园篇

°心虹集°

节日篇

动物篇

杂思篇

家乡篇

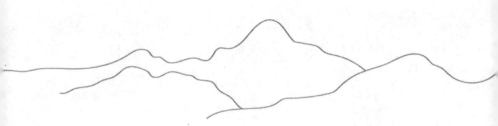

铁观音

　　铁观音是中国十大名茶之一，是安溪的一张名片。它承接传统技艺、融合现代科学，是得天独厚的天然饮品。其韵味独特，具有提神醒脑、健胃消食等功效。

　　　　竹笼磕碰当游乐，
　　　　布袋包揉若等闲。
　　　　炭焙筛扬全不顾，
　　　　要留香茗献人间。

　　　　　　　　　　　2001 年 5 月 1 日

忆江南·咏茶都

　　安溪中国茶都于 2000 年 12 月 18 日建成投入运营，安溪茶叶新增了一张名片，茶叶市场新增了一个巨大的交易平台。从此，安溪铁观音开启了在中国茶叶领域担当引领角色的时代。

　　　　茶都美，
　　　　晨雾绕山腰。
　　　　蝶妹蜂哥争起早，
　　　　碧芽红日比增高。
　　　　山野遍春潮。

2001 年 5 月 8 日

长相思·祥华看雪

　　2015 年寒假第一天，十年不遇的"怪兽"级极冷天气袭击安溪。祥华佛耳山的气温降至零下六摄氏度，整座山白雪皑皑、雾凇一片、滴水成冰。黄炳树老师相邀看雪，因填词一首以记此游，并谢黄老师的盛情。

树蜷蜷，
草蜷蜷，
观雪祥华佛耳山，
群峰尽素颜。

岭绵延，
路绵延，
刺骨寒风衣领钻，
裹装争向前。

2016 年 1 月 24 日

晋江源

碧草清流万古弦，
桃舟①丰泽一江牵。
溪茶瓷器箧香路，
过海漂洋几亿船？

2016 年 2 月 14 日

---

① 桃舟：晋江的发源地之一，位于泉州市安溪县西北边界的一个乡镇。

品茗（新韵）

芳杯蕴礼推贤老，
金露留香对月吟。
茶客一壶天下事，
诗家呷口典章神。

2016 年 5 月 25 日

浣溪沙·大龙湖

　　傍晚散步至大龙湖畔的静心亭，稍作歇脚。凭栏一眺，夕阳晚照，山色湖光。

　　日落之后，华灯初上，湖岸边两条景观夜灯与楼顶上的射灯交相辉映，有如双龙戏珠般美妙。远处湖岸边，雁塔下传来优美的广场舞音乐，婀娜楼影、晶晶湖面、习习微风，我的心陶醉了。

白鹭悠悠蓝水平，
凤山威武影柔情，
湖光山色醉鱼鹰。

古塔无心歌曼舞，
虹桥有意画新城，
亭台灯火满天星。

2016 年 2 月 18 日

龙津渡口

蓝溪巨石仙留迹[①]，
古渡新桥灯玉兰。
又是一年秋节至，
龙津夜月[②]底能观？

2017 年 3 月 8 日

---

① 仙迹：蓝溪龙津渡口的一块仙桃状的巨石上，印有一个巨大的脚印，传说是仙人留迹。
② 龙津夜月：指清溪（安溪县古称清溪县）八景之一的"龙津夜月"。古时县城南门渡口边有龙津观，观边有井一口；每到中秋夜，月影在井面浮动，蔚为奇观。

如梦令·安溪绿道

绿树香花诗岸，
垂钓赏游晨练。
休退向何方？
漫步龙湖溪畔。
流汗，
流汗，
身体健康私产。

2018 年 3 月 27 日

寒露茶

芽尖白露似珍珠，
日暖风凉汗水无。
正是一年秋节好，
观音馥郁满茶都。

2019 年 10 月 7 日

安溪午峰岩

午峰叠翠映丹甍，
半月清泉照眼明。
吴地诗人①真骨气，
乡民塑像佑苍生。

2021 年 2 月 21 日

①相传，唐末吴地诗人周朴曾隐居于此，死后化身为午峰岩的伽蓝公。
南坪村民建庙塑像，并世代焚香奉祀以求庇佑全民。

喜春来·绿道

三月七日，漫步于安溪凤山的绿道，流连于周遭花木和各色景致，又在驿站品饮铁观音，遂填此词。

芳林楚楚镌雕雅，
碧草盈盈景色佳。
春游驿站品名茶，
披彩霞，
光染绿枝丫。

2021 年 3 月 7 日

醉美龙涓

红酒温纯大饼香，
南崎国饮美名扬。
龙涓游别长思念，
最忆平民尽慨慷。

2021 年 9 月 20 日

登明德楼

山衔落日半边红，
蓝水蜿蜒入海东。
龙凤名区皆眼底，
巅峰楼阁四周空。

2018 年 4 月 7 日

水景灯光秀

　　五月二日晚，观看了安溪县大龙湖大型水景灯光表演，被其美妙绝伦的喷泉、灯光、音乐所震撼！回家后即成一绝。

彩光穿射夜缤纷，
喷幕氤氲映景文。
水柱高低仙乐起，
灯泉彩照美人云。

2023 年 5 月 2 日

闽南大厝

黛瓦红砖燕脊扬，
栋梁雕彩十间张。
闽南大厝皇宫起，
何以平民贵族房？

2023 年 5 月 1 日

兴泉铁路通车

兴泉铁路全长 464 公里，自 2017 年 4 月开工建设，历时 5 年 8 个月建成。2022 年 12 月 30 日 8 时 15 分，T8010 次列车缓缓驶离福建泉州站，向着闻名全国的红色故土江西省兴国县呼啸而去——兴泉铁路全线通车了。

巨龙飞掣气如虹，
兴国泉州一线融。
捷运成真观海梦，
东西往返北南通。

2022 年 12 月 30 日

题雁塔 ①

凤冠山下大龙湖，
林立高楼雁塔孤。
大雁不知何处去，
常来白鹭逛茶都。

2018 年 5 月 16 日

---

① 雁塔：明朝万历年间建造于安溪县大龙湖边的五层石塔，塔身刻有
"雁塔"二字。又因塔像一根笔，亦称文峰塔。

安溪不夜城

　　初春的傍晚还是有些寒冷，但满城的灯火，让整座城市暖暖的，亮亮的；天上的明月繁星，也因为城里的夜景灯光太耀眼，似乎也不用再发光，闲来无事了。

　　十里诗廊童叟诵，
　　公园旷野尽欢颜。
　　一城灯火天空亮，
　　明月繁星顿觉闲。

2018 年 2 月 26 日

题青梅农庄

应邀到二十小送教,上完课,应苏校长之请参观中标村的青梅农庄,并共进中午工作餐。餐厅就设在一个废弃的砖窑洞内。洞内隐隐还有焦土味,有感而发,因成一绝。

昔日砖窑臭气冲,
今朝饭馆酒旗红。
不知泥匠何方去,
拱洞佳肴食客丰。

2018 年 3 月 23 日

安溪笔架山

近郊五里奇峰秀,
遥望山花百姓谙。
万户千门皆坐北,
一城风水尽朝南。

2018 年 4 月 12 日

走凤山绿道

异草奇花涧水声，
索桥栈道夜灯明。
亭台驿站休闲路，
不见樵夫歇脚坪。

2020 年 7 月 14 日

凉台观湖

湖面无风镜未磨，
水中楼影画天波。
老翁收钓归来早，
已有鱼鹰渚上柯。

2020 年 8 月 21 日

回乡道中

时序中秋日日阳，
观音初制桂花香。
银壶泉水烧开否？
车到山前已近乡。

2020 年 10 月 1 日

乡下空村

山村留守几田翁，
少壮回乡徙雁同。
宴饮走亲年假短，
瞬间生气百房空。

2019 年 2 月 8 日

山村梯田

民工一日百斤粮，
种稻终年混米汤。
留守农夫伤贱谷，
山田荒废放牛羊。

2016 年 2 月 16 日

渔歌子·池塘

阿嬷塘边捣布衣，
赤条童子戏清陂。
鱼鼠窜，
水涟漪。
蜻蜓绕岸魄魂飞。

2016 年 7 月 23 日

从江西回福建

一路朝东向武夷，
丹山碧水景如诗。
离家屈指才三日，
庭院盆花放几枝。

2010 年 10 月 3 日

西江月·蓝溪

蓝溪是安溪县的母亲河。随着时代发展，陆运取代了内河航运，昔日的纤夫船歌早已经成为遥远的音符。二十一世纪初，城东拦溪大坝建起，绕城蓝溪变成了十里大龙湖。湖边高楼林立、绿树成荫，十里诗廊、千米木栈道、一应的健身设施成了市民休闲锻炼的好去处。朝霞中的晨练，明月里的漫步，霓虹灯下的广场舞，绿荫下的垂钓，成为一道道靓丽的风景。

红日碧波彩缎，
清风蓝水微涟。
轻歌曼舞起溪边，
歌帝青蛙昼懒。

灯火夜楼瑰丽，
星光岸柳斑斓。
鱼虾私语话先前，
帆影船歌遥远。

2016 年 7 月 24 日

沁园春·战台风

　　2016年7月9日，当年第一号台风"尼伯特"正面袭击台东后，又登陆泉州。暴雨造成福建多地洪水暴涨、城镇受淹。安溪剑斗街道淹水一米多深，损失严重。党和政府高度重视，组织抢险救灾，安置灾民……

　　西太台风，千里横行，万里嚣张。看西洋海面，舰船回避；远东大陆，铁鸟停航。发布灾情，动员群众，政府周全部署忙。人心事，盼风轻雨顺，过境城乡。

　　风魔凶猛难防，揭屋瓦、无邀自入堂。望城乡遭劫，家园破损；溪河溃岸，陆地汪洋。迎战风灾，抗洪抢险，协力同心齐上场。御风暴，数中华儿女，勇往担当。

2016年7月21日

茶 壶

墙角尘封一旧壶，
依稀可见远山图。
当年如玉身姿在，
品尽人间上等荼^①。

2018 年 5 月 11 日

---

① 荼：唐之前无茶字，荼代指茶。

茶乡新雨

天丝银线绣茶都，
旧叶新芽缀玉珠。
十万农夫香茗梦，
江山一派早春图。

2019 年 2 月 16 日

霜天晓角·凤冠山

　　仲春周末，携孙女芃霏春游安溪县城北的省级森林公园——凤山公园。眼见四方香客到城隍庙膜拜，游春少年学采茶、学唱茶歌，心中感慨万千，便填词一首。

涵虚^①凭眺。
蓝水连三绕。
东岳寺、城隍庙，
晨钟脆，
鼓声老。

绿道，春色早。
桃林花蕾俏。
山野亭台芳草，
相思树，
黄鹂鸟。

2023 年 4 月 16 日

---

　　① 涵虚：指凤山景区内凤冠山上的景点涵虚阁。

校园篇

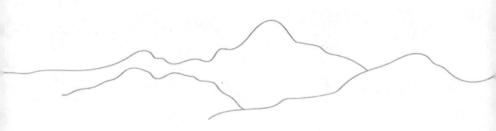

如梦令·闽师省培

　　赴福州参加教师培训，常与同行徜徉于大梦山、西湖和左海，深感教改之难。

大梦西湖左海，
日探夜思课改。
教育路何方？
素质课堂主宰。
良解。
良解。
最苦黉[①]师难迈。

2001 年 3 月 16 日

---

① 黉：古代指学校。

如梦令·贺沼涛实小二十华诞

2012 年 12 月 18 日，沼涛实验小学二十年校庆，学校做了一份校庆特刊。我填词一首，寄语特刊，以志校庆。

办学闻名州府，
龆龀^①已然初露。
问弱冠^②年华，
却道文明一路。
一路，
一路，
素质科研双著。

2012 年 12 月 5 日

---

① 龆龀：原指小孩子换牙，借指儿童，词中指沼涛实验小学办学八年。
② 弱冠：男子二十岁的别称，词中指沼涛实验小学办学二十年。

如梦令·学校气排球赛

　　2016年元旦前夕，学校举行"马可波罗"杯教职工气排球比赛。学校教职工，按年段分组比赛。老师们训练积极，参赛热情高昂。比赛场上气氛热烈，校长、教导主任亲自上场。观战之际，填词一首以记之。

年段气排鏖战，
观众加油呼唤。
比赛有金银，
诱尔经常流汗。
流汗，
流汗，
体质提升飙现。

2015 年 12 月 26 日

江城子·学校庆"六一"活动

曼舞翩跹鼓点稀，
乐声怡，
掌声随。
相声小品，
吹笛复弹琵。
课外拜师学技艺，
能字画，
会琴棋。

2016 年 6 月 1 日

渔家傲·获评省级语言文字示范校有感

知悉安溪县沼涛实验小学获评省级语言文字示范校，有感而发。

捷报传来花怒笑，
数冬努力今回报。
规范语言文字好。
声同调，
国语交流人人晓。

会意象形方块巧，
抑扬顿挫华音妙。
推普正书皆王道。
文同貌，
读书写作无烦恼。

2016 年 6 月 28 日

菊花新·沼涛实小学生记者站成立

2016 年 12 月 21 日，安溪县沼涛实验小学学生记者站挂牌成立。泉州《东南早报》编辑室副主任唐文魁、安溪县青少年官主任黄建福为小记者站授牌。安溪县青少年作协会长陈佩香与小记者互动交流写作经验，唐文魁副主任作专题讲座。

早报^①主编颁证照，
协会作家传技巧。
明眼抢新闻，
追线索、
跟踪原貌。

要行斯诺^②延安表，
心中崇敬云环^③效。
风雨战头条，
蹲现场、
速成文稿。

2016 年 12 月 21 日

---

① 早报：指《泉州晚报》的副刊《东南早报》。

② 斯诺：指 1936 年 7 月至 10 月，前往延安的美国记者斯诺。

③ 云环：指中国驻南联盟记者邵云环。

长相思·贺小学八七届同学会

学业冲，
事业冲，
篑伴西东信未通。
同窗友谊浓。

汝匆匆，
吾匆匆，
对视他乡思旧容。
凤城春节逢。

2017 年 1 月 9 日

如梦令·泉州研学之旅之一

菜巷^①二郎^②释雅^③，
木偶梨园高甲。
研旅走泉州，
品味红砖黛瓦。
惊讶，
惊讶，
底蕴扬名东亚。

2018 年 11 月 14 日

---

① 菜巷：泉州鲤城区的一条小巷子。小巷原名蔡巷，因宋神宗时期，官至右丞相的蔡确的府第坐落巷内而得名。后来，讹传为"菜巷"。1998年，泉州市政府公布数条历史街巷更改名称，因巷内"广灵宫"闻名遐迩，小巷自此更名为"广灵路"。然而，厝边们还是喜欢称之为菜巷。

② 二郎：指泉州鲤城区崇福路的景点二郎庙。

③ 释雅：指泉州鲤城区释雅山公园，是历史上施琅将军的故居及四季园林中的"秋、冬"二园（又统称为"东园"）。

长相思·泉州研学之旅之二

左牌坊，
右牌坊，
街巷名人轶事长，
乡愁几斗筐。

粽飘香，
枣^①飘香，
木偶南音齐上场，
梦中回大唐。

2018 年 11 月 16 日

---

①这里的枣指的是泉州的特色小吃"炸枣"，主要是由糯米皮和地瓜馅经油炸而成，又香又嫩，深受游客喜爱。

桂殿秋·赞义工

十二月来，沼涛实验小学校门口，每天放学时都会赶来五位义工，身穿红马夹，站在街上疏导车辆，保护学生过马路，成了学生安全的保护神。过往的行人、老师、家长无不向他们投去赞赏的目光。

风刺骨，
夹披红，
义工马路护儿童。
丹心涌动千城颂，
善举传扬百世功。

2016 年 12 月 15 日

研　学

　　十四日，泉州市剑影实验学校组织小学部学生到泉州台商投资区张坂欧乐堡海洋王国乐园开展研学活动。园区内设有海底世界城、鲸鱼湾、企鹅馆、江豚馆、海豚海狮馆、热带雨林馆、海洋标本展示馆等，师生参观后，感受很深。

> 师生研学海洋城，
> 场馆飞奔脚步轻。
> 海象三粗能舞蹈，
> 企鹅绅士可和鸣。
> 冷颜鲸仔好亲近，
> 健体豚哥乐伴行。
> 减塑休渔同护佑，
> 人鱼戏水岂双赢？

2023 年 4 月 17 日

题留影

　　十八日，沼涛实验小学建校二十周年校庆，学校行政班子周淡水、苏龙霞、王秋波、殷千枝、谢惠芳、黄良水、李翠莲、梁尚美、王月琼、林艳菁、刘颖合影留念（此时王宁飞、白俊艺、苏槐生已于2009年退居二线）。特作小诗一首，以作纪念。

沼涛尚美良淡水，
月琼龙霞好风光。
翠莲留影送秋波，
千枝艳菁吐惠芳。

2012 年 12 月 8 日

赞沼涛实小少儿茶艺队

　　沼涛实验小学少儿茶艺队应邀参加在上海举行的全国少儿茶艺交流表演赛。队员们以铁观音故乡少儿的灵气和精湛的茶艺表演赢得评委的高度赞赏，最终获得了全国一等奖。沼涛实验小学少儿茶艺队的精湛表演，通过上海电视台传遍大江南北，掀起了一股少儿茶艺热；许多家长都想让孩子学茶艺，学礼仪，学做人……

> 茶乡童子展茶艺，
> 秀手高悬伴古琴。
> 一泡声名扬沪上，
> 礼和纯雅铁观音。

2011 年 8 月 16 日

同学聚会（新韵）

2010年元旦，我南安师范35组（81届）安溪分班48名同学，在安溪三德兴大酒店举行首次毕业后聚会。昔日英俊，如今俱老，感慨良多，吟诗一首记之。

南师毕业三十载，
分赴西东育栋才。
昔日青丝今似雪，
杏坛无悔为将来。

2010年1月1日

辛丑教师节

窗外金阳百果香，
校园童子诵华章。
青丝银发终无悔，
赓续初心育栋梁。

2021 年 9 月 10 日

小满下泉州

蓝溪宛转向泉府，
两岸摩天数百楼。
隧洞青峰遮望眼，
凤城山水几回眸。

2018 年 5 月 21 日

寒假校园

假日黉宫鸟雀欢，
山茶红艳草霜寒。
儿童散学书声远，
举目楼空过道宽。

2019 年 1 月 27 日

剑影尚武歌

西湖淬剑比干将，
练胆① 魔枪赛霸王②。
童子聚操天地动，
身强体壮两眸光。

2018 年 12 月 6 日

---

① 练胆：泉州北郊有座清源山，在它的中峰清源洞与洞下不远的"虎乳泉"之间，有一块巨石矗立道旁，刻着"君恩山重"四个大字。这是明代抗倭名将俞大猷的题刻。泉州人称这块巨石为"练胆石"。泉州常有练武之人在此习练刀枪。
② 霸王：指中国十大名枪之一"霸王枪"，西楚霸王项羽所用之枪。

偶　感

古人科举一文成，
吾辈功名理化生。
海量诗书虽我愿，
奈何担负总难轻。

2019 年 3 月 17 日

寄家有考生

楼房行走脚轻轻，
电视常关影失声。
茶客酒朋迁外少，
十年破壁顿天明。

2019 年 3 月 2 日

题清溪启笔

自 2019 年起，每年的 3 月份，安溪县的各小学，都会举行盛大的"启笔活动"。师生把课桌椅抬到大操场，整齐排列，或硬笔或软笔，一起书写漂亮的中华汉字。校长发表重视规范汉字书写的讲话，鼓励全校师生热爱汉字、书写规范汉字、勤奋练习、写一手漂亮的汉字。

三月清溪翰墨香，
黉宫启笔大排场。
千年古邑挥毫美，
名就功成在远方。

2019 年 3 月 13 日

初十有感

　　安溪埔任殷氏开基始祖殷钟秀，曾经捐资修建永安桥。2019 年春节，他的裔孙又积极捐资成立教育促进会，鼓励子弟勤奋学习，科甲勇攀……

> 昔日铺桥百姓尊，
> 今朝促教善心存。
> 殷家义举千千事，
> 笔架山前好裔孙。

2019 年 2 月 14 日

教促款存行有感

日卵功臣静静盘，
灶台煎煮子孙欢。
榕城夜梦登清北，
晨起呼鸡把米餐。

2019 年 6 月 14 日

桃园梦

2020年元旦，学校举行诗配画活动，应谢建生老师之约，做诗一首。

夜雨临窗观剑影，
朝霞披彩看刀光。
少年心志云端羽①，
梦里桃园蓓蕾香。

2019 年 11 月 23 日

———————————

① 云端羽：高飞的鸿雁，这里指少年的远大志向。

醉花阴·教师厨艺赛

2017年3月4日，恰逢周六，沼涛实验小学工会举行庆"三八"女教师厨艺比赛；每个年段的女教师现场制作四道菜肴参评。大家精心准备，菜品异彩纷呈。作为评奖嘉宾，我深受感动，也为我们的女教师点赞，特填词一首献给女教师。

三八教师厨艺赛，
惊现私房菜。
油炸望垂涎，
炖罐汤甜，
色味由人爱。

上盘似画精心摆，
名取诗词派。
疑是百花开，
秀美芳香，
姹紫嫣红彩。

2017年3月4日

如梦令·三磨

磨课磨情磨卷，
施教因材经典。
革改路何方，
质量全民呼唤。
呼唤，
呼唤，
成绩提升关键。

2018 年 3 月 14 日

如梦令 · 课后服务

节日周休双假，
酣睡网游玩耍。
课后盼良方，
留校琴棋书画。
谁暇？
谁暇？
服务万家无挂。

2018 年 3 月 16 日

如梦令 · 学生军训

行进站姿队列，
背痛腰酸脑热。
黄叶落秋风，
世纪少年真铁。
迅捷，
迅捷，
弱女脆男翻页。

2018 年 9 月 7 日

教师节抒怀（新韵）

华发丛生两鬓白，
倾心卌载育英才。
同窗他日如相问，
尔有功名我惬怀。

2018 年 9 月 10 日

教师节赠女

十五琼轮日落圆，
壬寅双节^①喜重天^②。
入编休退同今夏，
教海丹心乐有传。

2022 年 9 月 10 日

---

① 双节：诗中指中秋节和教师节。

② 重天：同一天。

如梦令 · 退休

2022 年 7 月 4 日晚，学校为我们四位退休教师召开欢送会。我在会场即兴发言朗诵一首《如梦令》。

安实逸夫沼小。
备教辅批研考。
卅载日匆匆，
转眼青丝白了。
步老，
步老，
利禄功名后脑。

2022 年 7 月 4 日

长相思·沼小之恋

桃花开，
李花开，
春草年年映碧阶，
归鸿过几排？

日思来，
夜思来，
廿载呕心梁栋材，
可怜霜鬓腮。

2022 年 7 月 16 日

篝火晚会

篝火升腾照夜空，
营员双靥尽通红。
甜歌热舞时时起，
笑语欢声逐晚风。

2020 年 8 月 6 日

癸卯首场高考

　　早上9点钟，考生进入考点，泉州市区突然下起了阵雨；到了11点，高考首场考试快结束时雨又停了。这个上午气温降了好几度，有感于老天助力高考学子，因成一绝。

阵雨哗哗水一瓢，
雷声无有汗珠消。
万千学子多清醒，
好把诗书杰作雕。

2023年6月7日

研学厦门老院子

　　带学生到厦门老院子研学，有感于闽南乡村的老物件和郑成功带领水师收复台湾的场景表演，因成一绝。

椅轿摇篮旧竹篓，
蓑衣谷桶满乡愁。
炮声阵阵水师勇，
明俨威名赤崁楼。

2023 年 11 月 13 日

鹤冲天·剑影三十华诞

　　泉州市剑影实验学校 1994 年创办，2024 年三十华诞。剑影初办时校名"泉州剑影武术学校"，2013 年申请更名"泉州市剑影实验学校"。我退休后加入泉州市剑影实验学校，任职小学部，恰逢剑影三十华诞，特填词一首以贺之。

　　魂牵梦绕，学艺童年路。剑影有高师，精医武。弟子勤习练，刀枪亮、寒梅苦，欲把康强塑。刺桐红艳，岸柳禁花同妒。

　　聪明馆校联姻助。南少添羽翼，功名著。更喜兴才艺，强外语、增科普，乐读加奥数。卅年薪火，万千李桃人慕。

2024 年 3 月 12 日

爱
国
篇

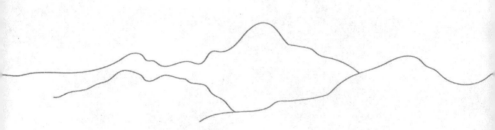

菩萨蛮·武夷九曲溪

　　四月一日，与省级骨干教师培训班的同学一起游武夷山，乘竹排游览了九曲溪，有感于大自然的鬼斧神工和九曲溪的美丽传说，遂填词一首以赞之。

武夷胜景奇峰俏，
溪清水美山前绕。
玉女①戏涟漪，
神龟②望入迷。

大王③心上语，
暗渡波光去。
王母枉驱分，
青排递恋文。

2001 年 4 月 1 日

---

① 玉女：武夷山景点玉女峰。
② 神龟：武夷山九曲溪景点神龟石。
③ 大王：武夷山九曲溪景点大王峰。

添字采桑子 · 南沙填岛

一月六日，南航大型客机校验试飞，平稳降落在南沙填海所建的永暑礁机场。观看电视新闻报道后万分激动，填词一首庆贺。

南洋千载丝经路，
曾几何时。
曾几何时。
九段归期，
吾辈作何为？

烟波浩渺吹填技，
永暑传奇。
永暑传奇。
飞验民机，
稳固岛礁宜。

2016 年 1 月 6 日

赞运 20 入列

　　国人盼望已久的大型运输机运20，雅号"鲲鹏"，别号"大运""胖妞"，终于在 2016 年 7 月 6 日入列。从此，补齐了我军的长途快速调运的短板，使人民军队能更加神速地保卫边疆的安宁。

　　　　　鲲鹏展翅在东方，
　　　　　预警加油能力强。
　　　　　大运腾空猖寇静，
　　　　　胖妞筑梦保边疆。

　　　　　　　　　　　　　2016 年 7 月 6 日

卜算子·观里约奥运

2016 年 8 月,第 31 届夏季奥运会在巴西里约热内卢举行。各国运动健儿奋力拼搏,牵动世界亿万人的爱国心。金牌榜始终在几个强国间摆动,唯美国一直高居金牌榜首,遥遥领先。场上比的是体育,场下比的却是国家的综合实力。

八月看巴西,
体赛群雄起。
要问金牌属家谁,
前阵俄中美。

奥运旌旗飘,
训练须科技。
颁奖升旗奏国歌,
背后拼经济。

2016 年 8 月 16 日

赞成功·女排奥运夺金

2016 年，中国女排在巴西奥运会上力战劲旅塞尔维亚队；在小组赛 1 比 3 落败的前提下，顶住心理压力，在决赛场上顽强拼搏，最终以 3 比 1 战胜塞尔维亚队，夺取本届奥运会女排冠军。

里卢①奥运，
中塞强军。
排球争冠最伤神。
组中鏖战，
终赛金银。
维姑②强悍，
目睹亲闻。

耐挫坚韧，
人尽恭尊。
昔时连冠树精魂。
敢拼能打，
万众欢欣。

---

① 里卢：巴西首都里约热内卢。
② 维姑：指塞尔维亚女排。

里卢苦战，
再立功勋。

2016 年 8 月 21 日

忆秦娥·飞天梦

　　2016年10月17日7点30分28秒，神舟十一号飞船发射升空。神舟十一号飞船搭载景海鹏和陈冬两名男航天员，他们将在轨工作、生活33天，这将创造中国载人航天在轨飞行时间的新纪录。神舟十一号飞船入轨之后，将与天宫二号太空实验室进行对接。两名航天员将在天宫二号内完成系列在轨试验和科学实验。

登天顶，
中华儿女千年径。
千年径，
嫦娥聪颖，
万户天性。

神舟发射征程劲，
天宫交汇身姿正。
身姿正，
空间试验，
史册彪炳。

2016年10月2日

胖五升空（新韵）

2016年11月3日20时43分，被称为"胖五"的长征5号大推力运载火箭在海南省文昌市成功发射，卫星进入预定轨道。长征5号运载火箭，同步轨道运载能力达到14吨，近地轨道运载能力达25吨。

文昌一射惊天地，
胖五升空霸主悲。
取样月球威力猛，
火星探测曙光辉。

2016年11月3日

西江月·安海古桥

　　2017 年 2 月 28 日，与同事参观完晋江市安海中心小学，已是放学时间，车辆堵成长龙。等待的间隙，我们就近参观了安海石板桥。该桥始建于 1138 年，因安海古称安平镇而得名安平桥，又因为桥长五里也叫五里桥。

波浪冲瀓千岁，
风雨侵蚀六朝。
安平五里石梁桥，
营造人间骄傲。

古镇天天土笋，
海滨夜夜元宵。
昔时船柱比云高，
渔港旧颜新貌。

2017 年 2 月 28 日

朝中措·中国高铁

八横八纵动车飙，
桥隧万千条。
夕发朝临赶早，
出游公干逍遥。

南来北往，
东奔西进，
闭眼长宵。
舒适复兴高铁，
旅行游客新潮。

2017 年 10 月 28 日

山东舰入伍

2019 年 12 月 17 日，我国自行设计建造的国产航母 002 山东舰在海南三亚交付海军。

> 椰风暖暖俊新郎^①，
> 巨舰参军守海疆。
> 己亥仲冬年货重，
> 国人提气把头扬。

2019 年 12 月 17 日

---

① 俊新郎：指山东舰。

神龙^①巡天

鸿雁余晖字一行，
长弓射焰酒泉^②光。
是谁入夜天庭去？
中国神龙正首航。

2020 年 9 月 13 日

---

① 神龙：指中国空天飞机。
② 酒泉：指酒泉卫星发射中心。

嫦五奔月

　　2020 年 11 月 24 日 4 时 30 分，我国在海南文昌航天发射场，用长征五号遥五运载火箭，顺利将嫦娥五号探测器送入预定轨道，开启我国首次地外天体采样返回之旅。

吴刚酿酒候嘉宾，
玉兔蒸糕待贵人。
嫦五此番非赴宴，
一抔月壤送师亲。

2020 年 11 月 24 日

嫦五揽月归来

2020 年 12 月 17 日凌晨，嫦娥五号返回器安全着陆在内蒙古自治区四子王旗预定区域。返回器姿态端庄地立在积雪覆盖的草原上，等待科研人员揭示更多奥秘。嫦娥五号揽月成功。

寒空夜半一星光，
故国回亲待客忙。
闺女随身怀月礼，
草原落轿泪千行。

2020 年 12 月 17 日

赞天问探火

2020 年 7 月 23 日，"天问一号"发射成功；2021 年 5 月 15 日 7 时 18 分，"天问一号"着陆巡视器成功着陆火星。

茫茫天宇火星红，
绕落巡游一举功。
玉兔几番欣揽月，
祝融信步踏苍穹。

2021 年 5 月 22 日

母女有约

2021 年 10 月 16 日 0 时 23 分，神舟十三号飞船成功发射升空。航天员进入空间站在轨运行 6 个月，刚好要跨过农历新年。出发前，航天员王亚平答应女儿，要给她摘一颗星星回来……

酒泉今夜十三船，
此去天宫要过年。
半载别离家有约，
摘星应女在班旋。

2021 年 10 月 17 日

赞中国空间站

2021 年 6 月 17 日 9 时 22 分，长征二号 F 遥十二运载火箭在酒泉卫星发射中心准时点火发射。航天员聂海胜、刘伯明、汤洪波驾乘神舟十二号载人飞船成功飞天；18 时 48 分，航天员聂海胜、刘伯明、汤洪波先后顺利进驻中国空间站天和核心舱，标志着中国人首次进入自己的空间站。

神舟穹宇会天和，
廿载耘耕一路歌。
外部阻挠成动力，
长空亲吻亦高科。

2021 年 6 月 17 日

贺解放军八十九华诞（新韵）

弹指挥间八九载，
红军魂魄代相传。
文明队伍人民爱，
威武师团史册圈。
小米步枪倭丧胆，
飞鲨辽舰敌无眠。
四维作战新思路，
护卫中华陆海天。

2016 年 8 月 1 日

八一军魂

2020年"八一"建军节到了，人民空军的勇士们没有休息，照样练兵长空。深受感动，因成一绝。

队友长空练骨筋，
战旗如染入青云。
南昌魂魄今犹在，
铁甲雄师义勇军。

2020 年 8 月 1 日

观《中国机长》

玻璃爆裂碎屏声，
释压低温鬼隘行。
危急关头人镇定，
中华机长树英名。

2020 年 8 月 3 日

赞"九三"阅兵

中国人民抗日战争暨世界反法西斯战争胜利七十周年纪念日，北京举行盛大的阅兵式。

将官领队真威武，
铁甲滔滔气势书。
长箭若林疆域保，
战鹰似虎慰冯如[1]。

2015 年 9 月 3 日

---

[1] 冯如：中国第一位飞机设计师、制造师和飞行家，被誉为"中国航空之父"。

"九·一八"偶感

9月18日上午9点,学校突然响起了防空警报声,声音震耳欲聋。连响三遍后,学生照常上课,校园归于平静。

警报长鸣天帝醒,
防空演练少狼烟。
安居卅载无征战,
患把银鹰当纸鸢。

2020年9月18日

"九·一八"有感

9月18日上午9时，纪念"九·一八"事件防空警报拉响，孙女正在房间上网课。想起昨日神舟十二号在内蒙古东风着陆场着陆，航天员聂海胜、刘伯明、汤洪波顺利返回，作诗以志之。

警钟响起咽秋蝉，
网课儿孙电脑前。
昨日东风^①天客^②返，
中华强国谱新篇。

2021 年 9 月 18 日

---

① 东风：指内蒙古东风着陆场。
② 天客：指中国天和空间站首批航天员聂海胜、刘伯明、汤洪波执行任务 90 天后返回地面。

贺港珠澳大桥通车

2018 年 10 月 24 日，历经九年建造的港珠澳大桥剪彩通车。香港、广东珠海和澳门三地交通更加便捷，后续的经济效益和社会效益难以估量。

腾空遁海巨龙飞，
昨夜伶仃亮彩辉。
游子孤悬多少载，
一桥三地好回归。

2018 年 10 月 24 日

大兴机场

2021 年 7 月 6 日至 11 日，和老伴、儿媳、孙女一起游北京，在大兴国际机场乘机返回厦门。

凤凰展翅北京城，
银雁来迁九百程。
梦幻高光堪盛迹，
燕山夜语话心声。

2021 年 7 月 11 日

游圆明园

2021 年 7 月 6 日至 11 日和老伴、儿媳、孙女一起游北京。

圆明旧址鸟哀鸣，
草木无心岁岁生。
兽首 ^① 回归重聚会，
游人欣喜总难平。

2021 年 7 月 10 日

---

① 兽首：摆放于圆明园海晏堂前喷水池边的十二生肖兽首，曾经在第二次鸦片战争期间被英法联军盗取。中国人不懈追索，终于寻回部分。2019 年 11 月，圆明园马首铜像捐赠仪式在中国国家博物馆举行，马首铜像与其他六尊（虎、牛、猴、猪、鼠、兔）兽首铜像聚首北京。其他五尊兽首铜像仍然下落不明。

慕田峪长城

崇山峻岭一飞龙，
遥想当年血战凶。
民族融合成大统，
长城古迹客游踪。

2021 年 7 月 9 日

故宫游思

金瓦红墙白玉雕，
故宫龙椅易三朝。
寡人已去笙歌远，
唯有传言众口聊。

2021 年 7 月 7 日

晚舟回家

　　2021年9月25日21时49分，在加拿大蒙冤1028天的华为副董事长、首席财务官孟晚舟，乘坐中国政府包机飞抵深圳宝安国际机场。孟晚舟在停机坪上发表了简短声明："祖国我回来了！"此时此刻，亿万电视机前的观众感慨万千……

　　　　一袭红裙哽咽声，
　　　　国旗挥舞女儿名。
　　　　蒙冤千日仍坚劲，
　　　　强大中华有此程。

　　　　　　　　　　　　　　　2021 年 9 月 25 日

张军扇

满街铁甲碎高楼，
病毒硝烟热射愁。
折扇一支张使意，
与君共解世人忧。

2022 年 8 月 7 日

观国庆阅兵（新韵）

儿女英姿正步踢，
飞鲨 ① 快递 ② 海红旗 ③ 。
诗仙在世惊无语，
天下谁人敢与敌！

2019 年 10 月 1 日

---

① 飞鲨：指辽宁舰航母使用的舰载机歼 -15。

② 快递：指东风 21D 和东风 26 反舰导弹。

③ 海红旗：指中国海军版红旗 -9 防空导弹。

渔家傲·珠海航展

2016 年 11 月 1 日至 6 日，第十一届中国国际航空航天博览会（珠海航展）在广东省珠海开幕。此次航展，中国展出了包括歼 -20、运 -20、武直 -10、鲲龙 -600、空警 -500 等 100 多件自行研制的航空航天产品。目睹这一件件国之重器，心潮澎湃，感慨万千。

珠海又彰中国造，
黑鹰呼啸军迷倒，
大运腾飞留玉照。
姿态巧，
倾心铸剑华家傲。

坦克飞机除旧貌，
红旗鹰击攻防好，
体系齐全天际保。
今欢笑，
空军队伍添新料。

2016 年 11 月 1 日

十九届亚运会开幕

    2023 年 9 月 23 日，第十九届亚运会在中国杭州隆重开幕。这一天恰逢中国的丰收节，预示着中国体育健儿即将取得丰硕的奖牌。

明月烟花桂子香，
健儿空降聚钱塘。
今秋亚运丰收节，
夺冠华家一斗筐。

2023 年 9 月 23 日

节

气

篇

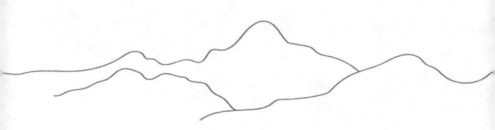

立春

花开春暖丑寅轮，
细雨温风渐入闽。
郊外土牛 ① 今打碎，
乡村从此少闲民。

2023 年 2 月 5 日

---

① 土牛：指立春时节在迎春仪式上"打春牛"（又称鞭春）时所用的泥塑土牛。"春牛"用桑木做骨架，冬至节后辰日取土塑成。这种习俗，一般以四人抬泥塑春牛为象征，由春官执鞭，有规劝农事、策励春耕的含义。

立春有感

鱼阵知春水上浮,
早归白鹭享珍馐。
何时柳翠黄莺叫?
一派欢歌竞自由。

2021 年 2 月 3 日

雨 水

甘霖首降爱茶都，
芳茗青山碧玉株。
雨水女儿归父母^①，
红绸炖肉^②感心图。

2019 年 2 月 19 日

---

① 归父母：出嫁的女儿回娘家。
② 红绸炖肉：出嫁的女儿回娘家时，女婿回馈岳父母的礼品。

壬寅惊蛰

芸薹香艳眼波明，
正月闲游转备耕。
大地回温虫自醒，
绝非天上始雷声。

2022 年 3 月 5 日

惊蛰天时

惊蛰绵绵雨七天，
农夫播种整秧田。
宅居外卖轻轻点，
快递飞奔日几单？

2019 年 3 月 10 日

惊 蛰

桃红梨白燕归堂，
微雨春雷醒蛰藏。
丽日仓庚歌翠柳，
草虫夜奏喜洋洋。

2019 年 3 月 1 日

惊蛰盼

昨日沙沙细雨声，
山头雾锁尽烟霭。
洞中蛙蚓春雷醒，
柳岸何时现早莺。

2020 年 3 月 6 日

春 分

闽南春半气氤氲，
麻笋山鸡蔗酒醇。
白日吃茶包润饼，
夜间推盏卤香肫。

2021 年 3 月 21 日

壬寅春分

　　春光美好，闲在家里立蛋迎春分；夜里下了一场喜雨，更兼春雷清脆，因成一绝。

梨桃蕾落菜花明，
玄鸟归来筑爱棚。
白日闲心家立卵，
夜阑喜雨伴雷声。

2022 年 3 月 20 日

清　明

绿水明山白日光，
梨花如雪菜花黄。
踏青自驾春郊去，
留守看家两鬓霜。

2019 年 4 月 5 日

清明踏青

桃红柳绿菜花黄，
春草盈阶映碧光。
郊外踏青多黑发，
清明留守鬓如霜。

2019 年 4 月 6 日

谷 雨

斜风细雨鹭鸶飞，
春水龙湖赤目^①肥。
产卵鱼群争逆泳，
含情紫燕共双飞。

2018 年 4 月 20 日

---

① 赤目：生活在安溪县大龙湖的一种鱼。

立 夏

春蕊去无痕，
梅红日渐温。
石榴迎立夏，
红艳满山村。

2018 年 5 月 5 日

癸卯谷雨

　　谷雨时节，洛阳牡丹花开了；安溪的铁观音茶也开始采摘。牡丹花虽美，但只可玩赏，到底比不得铁观音茶入口清香、滋咽润喉、提神醒脑。眼望窗外的晚春美景，思绪飞扬……

时雨时晴衣短长，
闽南抢播晚期秧。
洛阳国色^①唯观赏，
不及溪茶^②入口香。

2023 年 4 月 20 日

---

① 国色：指牡丹。
② 溪茶：指安溪县生产的茶叶，一般指铁观音茶。

小 满

池塘水满草深深，
红艳杨梅蕉果金。
要问田家何事喜，
无边麦穗乳盈心。

2019 年 5 月 23 日

小满下泉州

蓝溪四折向泉州，
两岸摩天数百楼。
隧洞青峰遮望眼，
凤城山水几回眸。

2018 年 5 月 22 日

芒 种

时雨时阳似破天，
村庄儿女共禾田。
披星戴月连枷①响，
只为移苗②在节前。

2021 年 6 月 5 日

---

① 连枷：闽南人用来打谷打麦的木质农具，形状像一把短梯子。
② 移苗：指闽南人在芒种前将稻秧移种在收割完春小麦的田里。

夏至暮江

暮江柳绿草萋萋，
银网连连白鹭低。
金水如汤踪影灭，
群鱼浮露鸟成批。

2020 年 6 月 21 日

夏至日环食

忽作银环午后阳，
含羞一刻复金光。
昼长夜短轮回事，
圆缺阴晴日月常。

2020 年 6 月 22 日

夏　至

蝉噪枝丫夏至阳，
蛙鸣田埂地汪洋。
世间公道轮回事，
日月星光渐短长。

2018 年 6 月 21 日

小　暑

金乌吐焰水如汤，
白衣呼餐冷气房。
夏日有心怜快递，
云端躲躲下山冈。

2021 年 6 月 20 日

大暑天

街巷无遮地冒烟，
雪糕豆脑卖声连。
池塘戏水蜻蜓去，
唯有鸣蝉叫树巅。

2020 年 7 月 22 日

立秋日作（其一）

节前风雨已无声，
晚稻青青照眼明。
地豆丰收童子乐，
生掰水煮可油烹。

2021 年 8 月 7 日

立秋日作（其二）

星移斗转碧空辽，
暴雨徐轻暑未消。
稚子垂涎推枣树，
农夫立社望丰饶。

2020 年 8 月 7 日

立 秋

西北东南热浪加，
荷塘依旧粉红花。
历书改序司天事，
冷暖秋江看赤娃 ①。

2018 年 8 月 8 日

---

① 赤娃：指在江中赤身游泳的娃子。

处　暑

　　今天进入处暑，隔一天就是中元节了。早上下雨，傍晚天阴，似乎又要下雨。感觉一夜之间走出了暑天，进入了凉爽的秋季。

处暑中元隔日临，
凤城朝雨暮天阴。
秋凉迎面香甜近，
蝉噪蛙鸣渐短音。

2018 年 8 月 23 日

处暑后五日

秋水蓝天共海光，
日中挥汗晚风凉。
闽南边草如春绿，
添得枝头百果香。

2021 年 8 月 28 日

白　露

云淡天高北雁来，
晨荷摇露见窗开。
香山①红叶谁人剪？
半是秋风半雨裁。

2020 年 9 月 7 日

---

① 香山：指带有果香味的山。

桂殿秋·白露

凝叶露，
映霞光。
山村老妪现秋装。
嫦娥广袖凉风透，
桂树初香玉兔忙。

2018 年 9 月 8 日

秋　分

长短均分冷热平，
花黄叶赤雁南声。
丰收节里笙歌乐，
夜雨归雷作和鸣。

2018 年 9 月 23 日

寒　露

午暖晨凉露欲霜，
无垠田野着金装。
谁言秋晚芳菲尽，
丹桂黄花格外香。

2018 年 10 月 8 日

寒露天

叶尖玉露映晨光，
亭午温高夜晚凉。
霜稻含苞收刈早，
秋茶采制最凝香。

2022 年 10 月 8 日

霜降补秋

环山烟笼雨丝弹，
金菊丹枫无处观。
富贵羊汤红酒足，
农家灯柿御冬寒。

2021 年 10 月 23 日

霜　降

寒露成霜草玉凝，
晚秋叶落柿留灯。
诗人寂寞来泉府，
满眼青红午汗蒸。

2018 年 10 月 23 日

霜降（新韵）

霜打枫林一夜红，
茶香果蜜柿灯笼。
深秋午后斜阳暖，
早晚山村已入冬。

2019 年 10 月 24 日

立 冬

风轻日暖小阳春，
老柿张灯树娶亲？
农户立冬何进补，
茶油咸饭且滋身。

2018 年 11 月 7 日

立冬日作

闽南稻谷响连枷^①，
鸿雁群迁字晚霞。
芥菜茶油新米饭，
补冬不再想鱼虾。

2020 年 11 月 7 日

①连枷：闽南打麦打稻的农具，形状像木质短梯子。

补立冬

老柿张灯桂蕾香，
提篮早市向鸡羊。
一年又到迎冬季，
沽酒呼朋有肉汤。

2021 年 11 月 7 日

小　雪

丝雨华灯旱树欢，
漠河米雪未成团。
九州万里山川秀，
南菊芬芳北菊残。

2019 年 11 月 22 日

大 雪

寒流连日数今宵，
鹡鸰无声徙雁遥。
白昼阳光晨瓦白，
不如雨雪润禾苗。

2019 年 12 月 7 日

庚子大雪

云空暧嘫隐金乌，
雪影风踪早晚无。
世上虚名难数计，
苍天亦有不相符。

2020 年 12 月 7 日

辛丑大雪

晴日蓝天绿叶光，
夕阳西下晚风凉。
心忧虫害禾苗渴，
无惧寒流带雪霜。

2021 年 12 月 7 日

十六日冬至

明月千家糯米圆，
甜汤美酒迎小年。
昔时亚岁^①饥肠苦，
盛世城乡不夜天。

2018 年 12 月 23 日

---

① 亚岁：指冬至。

冬至圆

每逢冬至搓圆子，
姜片红糖土豆香。
吃过汤丸添一岁，
父亲要我晓担当。

2019 年 12 月 22 日

冬至隔日雨

冬雨沙沙地汇流，
麦苗欢笑路人愁。
天公尚有难平事，
何怪清官虑不周。

2020 年 12 月 23 日

小寒天

毛毛丝雨有无中，
天宇绵绵覆白绒。
三九隆冬寒气盛，
短裙洞绔谓时风。

2021 年 1 月 6 日

小　寒

鹊跃村居爱屋编，
鸿翔玉宇北乡迁。
飞禽尚且知春动，
吾辈宜当笨鸟先。

2023 年 1 月 5 日

小寒日

微雨茫茫骤冷天，
水云隐没厦漳泉。
金乌无力驱浓雾，
人困车闲老父牵。

2019 年 1 月 5 日

大寒天

落叶枝头绿意萌，
坚冰深处暖流生。
大寒今启春来早，
雁后人归躁早行。

2023 年 1 月 20 日

大寒

峰峦白褂树银装，
北亚寒流气势强。
弱草娇花枝叶落，
山茶吐艳腊梅香。

2019 年 1 月 20 日

节 日 篇

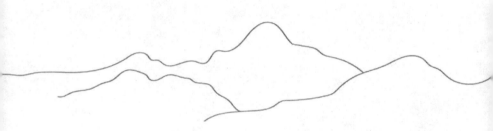

长相思 · 中国式过年

山一程，
水一程，
游子逢年故地情。
航班起二更。

谷日^① 停，
牛日^② 停，
马日^③ 须归无奈行。
祖孙留守赍。

2017 年 1 月 20 日

---

① 谷日：谷子生日，指农历正月初三。
② 牛日：指农历正月初五。
③ 马日：指农历正月初六。

秋风清·中秋

秋风凉。
秋月光。
北地夜飞雪，
江南晨瓦霜。
中秋休假妻儿早，
独生两口车何方？

2018 年 9 月 24 日

桂殿秋·中秋国庆双假

双假里。
国人闲。
万千景点闹翻天。
黉宫散学寻芳去，
战士巡疆马上鞍。

2018 年 10 月 4 日

贺 正

　　闽南人习俗，农历新年第一天清晨贺正，即贺新春。在大门内设案，摆设清茶和生仁、寸枣等甜品，虔心祭拜，祝贺来年风调雨顺……

零时爆竹唤新春，
寸枣生仁案上陈。
红烛丹杯香茗敬，
鼠年国梦脱余贫。

2020 年 1 月 25 日

节后雾霾

烟花璀璨雾霾浓，
隐没山川蔽日踪。
硝味路人兴口罩，
炮声攀比不宜从。

2019 年 2 月 13 日

上元赏灯

如丝夜雨满茶都,
莫怪元宵月色无。
情侣成千花伞醉,
彩绸难掩美人图。

2019 年 2 月 19 日

元宵夜雨

元宵夜雨落茶都，
装阁灯猜望却无。
喜庆春空关不住，
烟花爆竹闹金珠。

2023 年 2 月 6 日

元 夕

茶都百里共婵娟，
日暮乡村绽彩烟。
车阁花灯金辇轿，
长街元夕鼓喧天。

2019 年 2 月 19 日

清明祀母

杜鹃啼血漫山红，
游子茔庭三鞠躬。
似海慈恩生永志，
十年思念夜眠中。

2018 年 4 月 5 日

清明扫墓

归程拥堵五更还，
大雾搜寻草木山。
要问清明难底事，
操盘秀手^① 舞刀艰。

2021 年 4 月 4 日

---

① 操盘秀手：这里指习惯了电脑、手机键盘的柔弱的手。扫墓须用柴刀
清理杂草灌木，柔弱的手自然是很难胜任的。

端　午

肉粽香囊艾草芳，
荷花榴火笑端阳。
感恩父母归宁 ① 女，
路远山高一肚肠。

2020 年 6 月 25 日

---

① 归宁：指已嫁女子回娘家看望父母。

端午节

田野金黄麦压茎，
端阳粽汁^①水盈盈。
屈原故里龙舟劲，
棹影翻飞两岸声。

2021 年 6 月 14 日

---

① 粽汁：端午节期间下雨，人们称之为下粽汁。

己亥七夕

星灿船明柳影深，
虫歌蛙鼓意沉沉。
长河今夜天时好，
一束鲜花一片心。

2019 年 6 月 14 日

乞 巧

天河暗淡月无光，
七夕穿针引线忙。
乞巧莫非能长智？
连年头榜女儿强。

2020 年 8 月 25 日

中元雨水

风雨倾盆电闪光，
青山不见地汪洋。
中元降水连三日，
处暑秋声阵阵凉。

2020 年 9 月 4 日

中元连日阴雨（新韵）

中元降水连三日，
云雨沙沙阵阵寒。
出暑自然须处暑，
衣装早晚换秋衫。

2018 年 8 月 27 日

中秋路

日落登程半夜家，
奔驰宝马尽龟爬。
莫愁一路车流堵，
自古瑶轮十六华。

2019 年 9 月 12 日

中秋前日晨雨

水云飞渡雨如丝，
秋叶随风乱入池。
双节重逢无所盼，
只求长假好天时。

2020 年 9 月 30 日

重阳登高

重阳节登凤冠山，虫鸣鸟叫，绿树成荫，花香扑鼻，层林叠彩。归来后，吟律一首以记之。

斜阳穿射影斑斑，
接踵游人露悦颜。
柿树提灯迎远客，
枫林披彩美秋山。
鸣虫乐奏草丛里，
鸟雀欢歌彩叶间。
重九登高何处去，
凤冠绿道最休闲。

2020 年 10 月 25 日

重阳丝雨

空蒙大地雨毛毛，
送学家翁湿布袍。
总誉甘霖滋草木，
安能与爱比功高。

2021 年 10 月 14 日

重阳节有感

重阳国庆喜同周，
稻菽金黄待采收。
红叶果香人诱去，
陪孙伴父把心留。

2022 年 10 月 4 日

腊八节

寒梅初绽水仙香，
腊八千城赠粥忙。
寄语轩辕多护佑，
畅通贸易众生康。

2019 年 1 月 13 日

做 牙①

东家犒赏菜肴香，
伙计餐前举箸惶。
却看鸡头非我向，
尾牙痛饮好还乡。

2019 年 1 月 21 日

---

① 东南沿海民间传统节日，源于拜祭土地公的仪式。二月初二做"头
牙"，十二月十六做"尾牙"。在现代，尾牙期间各公司、企业多举办聚
餐或联谊活动，称作尾牙宴或企业年会。

廿三祭灶

白肉红糖糯米团，
香甜供品敬天官。
张生^①笑纳人间广，
玉帝尊前禀报难。

2021 年 2 月 4 日

---

① 张生：这里指灶王爷。

小 年

洗浴除尘过小年，
新颜旧貌两重天。
饴糖祭灶深深抹，
无奈张生好话编①。

2019 年 1 月 29 日

---

① 灶王爷姓张，乃厨火之神。北方二十三、南方二十四祭灶过小年。张
生笑纳了各家各户的好吃喝，也只能"上天言好事"了。

腊月二十八

映雪红梅灿若霞，
贴联发面剪窗花。
节前村镇儿童乐，
年味城乡点点加。

2019 年 2 月 2 日

腊月二十九

廿九蒸馒几斗筐，
小除户外点天香。
往来拜访皆家酒，
醉倒亲朋别岁郎。

2019 年 2 月 3 日

回家过年

东南西北动车奔，
亿万民工燕入门。
城市喧嚣归静寂，
中华年味在乡村。

2019 年 1 月 31 日

元　旦

茶树含苞笑暖阳，
桂花点点吐芬芳。
一元复始瞳瞳日，
节假休闲快递忙。

2020 年 1 月 1 日

母亲节感怀

五月萱堂 ^① 一日花，
忘忧无力夜思娃。
三迁 ^② 断杼 ^③ 千秋颂，
教子中华第一家。

2019 年 5 月 12 日

---

① 萱堂：母亲居住的地方。
② 三迁：指孟母三迁的故事。
③ 断杼：指孟母割断织布机上的布的故事——昔孟母，择邻处；子不学，
断机杼。

母亲节暴雨

今天是母亲节，傍晚突然风雨大作，冰雹打在不锈钢护栏上，叮当作响。父亲去接学琴的女儿，母亲倚门望风雨，等得心焦。

黑云翻墨忽遮天，
雷电狂风雹雨旋。
父女学琴人未到，
母亲节里母心牵。

2021 年 5 月 9 日

植树节有感

茫茫春雨北归鸿，
苗木新芽浴暖风。
野岭荒坡和梦种，
青山绿水百年功。

2018 年 3 月 12 日

丰收节

江南晚稻泛金黄，
河北包芦①已入仓。
抢种抢收秋日里，
乡村一派喜洋洋。

2021 年 9 月 23 日

---

① 包芦：指玉米。

子夜歌

焰火斑斓照夜空，
宫灯盏盏子时红。
立春才过一周日，
嫩叶香花亿万丛。

2019 年 2 月 12 日

父亲节陪父

　　昨晚侍候父亲，一夜无眠。早上吃过了饭，扶他坐在轮椅上，给他刮了胡子、剪了指甲。一番打点，父亲精神多了。我说："今天是父亲节，祝爸爸节日快乐！"父亲一辈子辛劳，养育六个孩子，多么不易。

> 一把锄头四季田，
> 油盐柴米落双肩。
> 出工种地无来路，
> 口袋空空怕过年。

2023 年 6 月 18 日

癸卯中秋

　　昨晚单位聚餐联欢，结束时已是晚上八点。那个时间从泉州回安溪，怕是要堵车；于是多住了一晚。今晨驱车回家，高速上依旧车流滚滚，堵得厉害——看来大家又不谋而合了。

　　　昨夜心担路堵长，
　　　早车又遇铁龙当。
　　　故乡东望中秋月，
　　　一样银轮一样光。

　　　　　　　　　　　　2023 年 9 月 29 日

四
季
篇

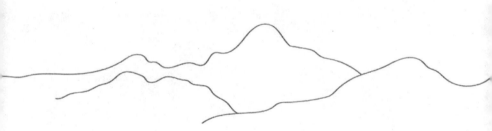

辛丑早春

春幕轻开日日阳，
早花斗艳竞芬芳。
青山绿水中华韵，
大地神州尽彩妆。

2021 年 2 月 14 日

四季诗

春描芳草朝霞美，
夏绘青荷月色幽。
秋咏飞鸿高远志，
冬吟喜鹊腊梅洲。

2016 年 5 月 23 日

春　雷

新雷震震蛙蛇醒，
细雨绵绵草木生。
都说春天孩子脸，
一时风雨一时晴。

2018 年 3 月 4 日

桂殿秋·秋茶

秋露重，
嫩芽红，
观音味透焙笼中。
清泉滚滚悬壶举，
玉手纤纤对月冲。

2016 年 9 月 22 日

水调歌头·中秋夜台风

八月十五中秋夜，台风"莫兰蒂"正面袭击闽南地区，造成严重的自然灾害。

明月风吹去，暴雨二更前。都言天上真好，何似在人间。试问嫦娥七女，请教天皇土地，神佛尽无颜。天若有情老，仙爱也心烦。

雨横扫，风呼啸，夜无眠。不能埋怨，凡事有赞有人弹。天有风云变幻，月有盈亏明暗，亘古是名言。上帝且无奈，民众自心宽。

2016 年 9 月 16 日

朝中措·春日寻芳

春风渐暖吐新芽，
秾艳数樱花。
夜梦寻芳永福，
山庄十里朝霞。

蔗汤解渴，
茗园养眼，
四野妍华。
觅得两株兰草，
忖思香送谁家。

2018 年 3 月 18 日

水南天

远山不见近楼灰，
天地无形乳一杯。
屋里冰凉墙面雨，
阿娘怪我把门开。

2022 年 3 月 26 日

闽南春雨

闽南三郡雨如丝，
花树银珠缀满枝。
紫燕斜飞湖上掠，
无风春水起涟漪。

2023 年 3 月 29 日

夏日绝句

栀子花开茉莉香，
凤凰红艳水泱泱。
皆言冰雪寒梅勇，
我赞莲荷笑毒阳。

2020 年 5 月 24 日

初 夏

晴日斜阳趋绿道，
凤山品茗带香归。
起身又遇杨梅雨，
坐看龙湖白鹭飞。

2018 年 5 月 7 日

夏　日

　　龙津公园文庙旁，两棵凤凰木繁花怒放，宛如两朵红云飘在碧空之中，又似两个红衣少女含笑立在丽日之下。随手拍下几张靓照，大步回家，取出纸笔，配下小诗一首。

　　　　人间四月芳菲尽，
　　　　南国佳林别样红。
　　　　不与早花争一宠，
　　　　红云炎夏笑晴空。

　　　　　　　　　　　　2016 年 5 月 29 日

初夏高温

碧空无挡耀金光，
边草萋萋几受伤。
端坐瓦庐挥汗雨，
小池濯手似探汤。

2018 年 5 月 17 日

十五夜月全食

青山捧出月橙红，
如瓣如舟隐碧空。
三五天轮虽美满，
阴晴圆缺影匆匆。

2021 年 5 月 26 日

午后干雷

午后干雷四五声，
风轻云淡雨难成。
入秋日盼来天水，
无奈诸神不发兵。

2020 年 8 月 9 日

秋日傍晚

宛转蓝溪落日圆，
如林大厦上摩天。
龙湖十里诗廊秀，
童叟千番李杜篇。

2020 年 8 月 19 日

初秋夜雨

电光闪闪响雷声，
夜雨秋风爽意萌。
伏季高温今日走，
霸凌拱火几时行。

2022 年 8 月 27 日

秋老虎

晨露星星映日晖，
午阳如剑逞余威。
秋风无力何方去，
老虎^①徘徊不肯归。

2019 年 9 月 15 日

---

①老虎：指气象术语中的"秋老虎"，即三伏出伏以后短期回热的天气现象，通常气温会达到35℃及以上。一般发生在每年公历的 8 月下旬至 9 月上旬之间。

晚　秋

油茶丹果压枝低，
霜柿红黄鸟雀栖。
谁说飞鸿无墨水，
蓝天常把一人题。

2020 年 10 月 25 日

闽南十月

凤城夜雨濯轻尘，
黛瓦红砖草色新。
忽见枝头榴火艳，
疑将天暖作阳春。

2020 年 11 月 21 日

十月偶感（新韵）

十月天时似晚春，
南枝偶现蕾芳芬。
冬榴尚可着花果，
直叫休翁臊见人。

2020 年 11 月 21 日

冬日凭栏

庭院空枝鸟雀归，
无知梅朵绽芳菲。
寒冬日软由风雪，
来夏神州满翠微。

2022 年 12 月 27 日

午后惊雷

地暗天昏响炸雷，
电光一道闪金杯。
狂风大作归蜓燕，
斜雨横穿洒四隈。

2018 年 5 月 23 日

九月二十四日狂风

狂风摇树乱秋黄，
云海晨空蔽日光。
寄语天波驱大漠，
长沙万里绿高粱。

2018 年 11 月 1 日

寒　潮

青云飞渡起寒风，
朝日蒸融转碧空。
天有金乌天亦冷，
心甘受冻绝冬虫。

2020 年 12 月 30 日

冬 日

窗外山茶蕾破红，
坛边兰叶绿如葱。
寒风暖日何方劲？
草木枝头涌动中。

2020 年 12 月 31 日

隆冬寒潮（新韵）

城里游青晒雾凇，
乡村喜乐最儿童。
香蕉昨夜冰霜死，
看客安知几户穷。

2021 年 1 月 9 日

动

物

篇

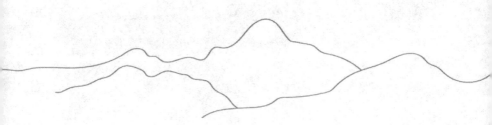

蜜　蜂

平地高山去赶潮，
寻花蝶伴乐逍遥。
世人不解工蜂苦，
采蜜征程万里迢。

2018 年 5 月 1 日

袋鼠赞

澳洲原野草木深，
鹿兔牛羊猛兽临。
袋鼠随行兜幼小，
堪称保育最倾心。

2018 年 5 月 14 日

青　蛙

　　初夏的夜，静坐阳台，星火点点，蛙声一片，思绪翩
跹……一只飞蛾扑面飞来——青蛙太不负责了，冬天回洞蛰
伏，一任害虫逍遥，来春又要祸害禾苗。

越冬虫害衍成灾，
蛰洞长眠万不该。
枉有一身真本领，
来年无脸上歌台。

2016 年 5 月 7 日

蜗 牛

草地一蜗民，
单房且贴身。
世人居所累，
按揭尽工薪。

2018 年 3 月 21 日

采桑子·蚕

花明桑绿春风暖，
蚕蚁惊雷。
玉茧香缇，
锦缎华装权贵衣。

郑和万里商船路，
古港龙旗。
驼队沙西，
海陆丝绸欧亚非。

2018 年 4 月 11 日

大雁（一）

　　大雁冬天南飞后，北方的梅花开了；江南的春意刚萌动，大雁又启程往北——这南北的美景，大雁都堪堪错过了。一遇环境变化就放弃、逃离，也就失去了许多磨炼和收获。

南去经年梅正艳，
北归又错蕾初红。
当如喜鹊迎风雪，
物态山光尽眼中。

2016 年 4 月 17 日

大雁（二）

翻看昨天写的七绝《大雁》，又感到这样似乎对大雁不公，实在有损大雁那志存高远、团结互助的形象。于是，提笔再写一首。

顺时而动向南方，
雁点青天字一行。
头领顶风身受苦，
伴飞互助共长航。

2016 年 4 月 18 日

蝶恋花·南飞雁

立秋了，天气转凉。物候转换，乃自然之规律，大雁南飞也自在此列。遂填词以记之。

北国立秋天气好。
处暑犹春，
白露凉风到。
虽已秋分花果俏，
雁群南渡还思考。

寒露万山生艳照。
霜降英^①飘，
大漠无芳草。
头雁频吹迁徙号，
立冬生计南征道。

2016 年 8 月 6 日

---

① 英：词中指菊花。

眼儿媚·大熊猫

乌白之间体浑圆，
竹子作三餐。
含情脉脉，
闲庭信步，
语静心宽。

素颜憨态招人爱，
四海五洲迁。
和平使者，
邦交贵客，
西域张骞。

2016 年 11 月 18 日

植物篇

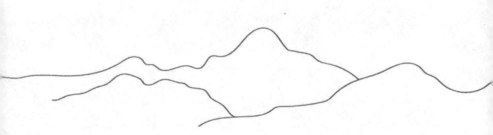

忆江南·霜菊

霜菊泣，
万物奈周期。
秋去色衰蜂蝶走，
冬来花落雪霜欺。
何日复金衣？

2012 年 12 月 25 日

凌波仙子

春节家家供水仙，
芬芳妩媚众生怜。
芸芸陇亩无雕造，
不上厅堂不上篇。

2021 年 1 月 30 日

早春樱花

初九荆桃^①百媚姿，
美人合影蕾矜持。
春风香艳闻筝曲，
一树樱花一树诗。

2021 年 2 月 20 日

---

① 荆桃：樱桃。

窗前茶花

朵朵枝头笑小寒，
含苞欲破满芽端。
半年青蕾君休看，
三九红颜任尔观。

2020 年 1 月 6 日

杜鹃花

青峦温岭满山红，
游客寻芳嬉笑中。
美女香花频拍摄，
安知啼血泪如洪。

2019 年 3 月 24 日

炮仗花

围栏四面泛青光，
一夜春风着艳装。
爆竹谁家千万串，
原来炮仗吐芬芳。

2018 年 3 月 30 日

三角梅

炎夏寒冬四季花，
房前屋后似朝霞。
娇妍奔放容颜美，
粉紫金红画圣夸。

2018 年 3 月 25 日

春 笋

云烟丽日春山暖，
雨后林中暗笋肥。
嫩脆尺芽该下手，
莫言成竹失良机。

2018 年 4 月 13 日

金银花 ①

独占佳名遍地香，
鸳鸯相伴戏春光。
山盟海誓犹生变，
何比双花 ② 属意长。

2018 年 5 月 20 日

---

① 金银花：因其初开时是白色，后来变成黄色，由此得名"金银花"。
② 双花：诗中指金银花。

白玉兰

收羽飞禽躲树冠，
人稀车少大街宽。
老翁摇扇归庭院，
闭眼闻香赏玉兰。

2018 年 5 月 18 日

茉莉花

烈日炎炎似火烧，
冰晶皓雪满枝条。
早花隐退春归去，
茉莉芬芳仲夏娇。

2018 年 5 月 12 日

咏芸薹

四月闽南草木深，
芳踪蝶影费思寻。
桃红梨白随春去，
醉美芸薹①满地金。

2019 年 4 月 13 日

---

① 芸薹：指油菜花。

霜降柿

雨凉风冷序寒秋，
瑟瑟蝉衣涕水流。
新上果珍红柿子，
明皇封赐凌霜侯。

2019 年 10 月 26 日

白 兰

缅桂在南方，
冰清暗雪香。
北归多采撷，
玉蕾最情长。

2018 年 5 月 19 日

秋　茶

枝头绿叶换秋装，
晴日温和早晚凉。
寒露采茶天助力，
瓯杯掀起桂花香。

2021 年 10 月 7 日

番 薯

万历饥荒竟食人,
振龙①吕宋巧回闽。
薯藤贱种成高产,
危难时期第一臣。

---

① 振龙:明万历二十一年(1593 年),50 岁的陈振龙不顾菲律宾西班牙殖民政府的禁令,将番薯藤藏入吸水绳里,经七昼夜航行,将薯种带回故乡福州。试种获得了丰收后,教乡亲们种植,之后又传播至全国各地,解决了许多人的温饱问题。他也被誉为"中国甘薯之父"。

木 瓜

一树冲天节节花，
无枝主干满金娃。
宿心岁岁多生果，
不顾华冠未见丫。

2018 年 10 月 5 日

余甘子

余甘热带生，
珠玉满枝茎。
苦涩深深嚼，
津甜口齿盈。

2018 年 4 月 19 日

番石榴

绿叶银花碧玉雕，
清甜芭乐意多娇。
安闲富贵将军肚，
故说番榴可细腰。

2018 年 4 月 21 日

龙　眼

蜂蝶繁花布谷啼，
骄阳金果压枝低。
蜡蝉^①彩叶随风舞，
摇落龙珠乱入泥。

2018 年 4 月 23 日

---

①蜡蝉：龙眼树上的一种昆虫，头上有角，状若象鼻，翅膀金绿色，又
名"龙眼鸡"。

摘覆盆子

应洪碧波老师之邀，带孙女去她老家参内乡田底村赏春、摘覆盆子。山路两侧，红花碧树，黄牛成群，油桐花也正开得热闹。孩子忙着摘覆盆子，大人忙着拍照，洪老师的先生忙着讲他少年时的事……

红星点点缀枝丫，
蜂蝶垂涎墨客嘉。
摘得树莓^①惊倒刺，
劝君缩手莫磨牙。

2018 年 4 月 22 日

① 树莓：覆盆子的别称，一种野生的球状浆果。

蝶恋花·春夏秋冬

春夏秋冬花烂漫。
褪尽桃红，
似火金庞①返。
莫为落英伤泪溅，
来年约会凭君看。

荷菱已无圆玉伞。
菊绽霜天，
百媚千香现。
老柿果红灯万盏，
寿枫彩叶花千片。

2016 年 10 月 1 日

---

① 金庞：石榴的别称。

落花生

国色天香富贵名，
榴红梨雪慕心生。
黄花朵朵朝泥土，
地豆深深荚果盈。

2018 年 4 月 26 日

香 蕉

李柰梨桃百姓家，
悠闲饭后品溪茶。
垂涎橘柚秋冬梦，
唯有蕉园四季花。

2018 年 5 月 8 日

枇　杷

素花碧叶斗寒风，
满树金丸细雨蒙。
华夏果珍谁早市，
莆田卢橘并桃红。

2021 年 4 月 11 日

杨　梅

街头今见卖杨梅，
口水丰生咽几回。
难怪曹操能胜仗，
借津止渴^①世雄才。

2021 年 5 月 3 日

---

① 借津止渴：指成语故事"望梅止渴"。

荔枝红

岭南夏日似蒸笼，
碧树离枝玛瑙红。
为博唐皇妃子笑，
加鞭御马疾如风。

2022 年 7 月 17 日

清水岩古樟

清水山门见古樟，
客游至此把头昂。
枝枝朝北^①精忠字，
常使兵民泪满裳。

2019 年 11 月 17 日

---

①泉州清水岩古樟，枝条均向北而生，因名"枝枝朝北"。传说樟树感念岳飞被奸臣所害，枝条全转向北，以示悼念和崇敬。

凤凰树

一树丹花火一团，
落英如雨路人观。
满城铺设红毡毯，
游客泉州脸上欢。

2018 年 5 月 30 日

金钱树

金盆显摆占厅堂，
片叶连排焕碧光。
此树果真能致富，
尽归权贵后花房。

2018 年 5 月 21 日

柿　树

才伤叶落光，
又叹柿圆①霜。
四季枝干在，
年年玉蕊香。

2018 年 4 月 17 日

---

① 柿圆：柿饼。

清平乐·空中菜园

凉台板顶，
休退成佳境。
种菜养生延寿命，
绿色菜蔬丰盛。

晓月日落翻腾，
施肥浇水耘耕。
韭绿椒红胜景，
赏心悦目身轻。

2016 年 10 月 18 日

醉花阴·菊颂

　　临近年关，小区里有了卖花人。水仙、梅花、兰花丛中，竟然有几盆开了绿色花朵的菊花，令人顿生赞叹之情。

怒绽霜天春蕾羡，
姿色添多变。
蓝紫绿如仙，
粉白清恬，
妩媚君花眼。

古人笔下诗词赞，
金甲长安满。
艳丽照千秋，
香透乾坤，
风骨人惊叹。

2017 年 1 月 22 日

霜天晓角·水仙

丁酉春节临近，好友赠我一盆水仙。碧玉身姿、洁白花朵、馥郁芳香，带来吉祥和欢笑。

亭亭芳草，
馥郁人间妙。
蕙质兰心优雅。
呈祥物，
家欢笑。

窈窕，花匠巧。
雍容清水造。
不与牡丹争艳，
春装碧，
小花俏。

2017 年 2 月 8 日

芦 苇

雁点云天落日红，
蒹葭瑟瑟万千丛。
芦花一片沙滩冷，
疑是寒江雪未融。

2018 年 4 月 28 日

咏榕树

不如春柳腰肢细，
遑论秋枫彩叶红。
默默无言撑巨伞，
头担烈日笑长空。

2016 年 5 月 24 日

卜算子·椰树

祠外旷埕边，
伟岸三椰树。
日晒风吹暴雨淋，
岁岁身威武。

怀里抱金娃，
汁水娘亲乳。
碎骨粉身作垫棕，
梦美君床铺。

2021 年 12 月 26 日

杂
思
篇

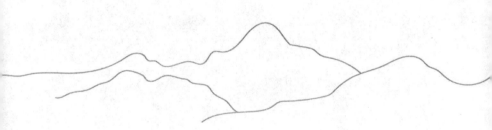

宴桃源·赞海南殷氏宗祠

2015 年 10 月 1 日至 3 日，安溪殷氏宗亲进兴、千枝、亚婷、治民、荣辉参加迁琼殷氏大宗祠落成庆典，有感而作。

窝仔^①殷祠如画，
彩栋雕梁金瓦。
问玉宇何如?
当数万宁^②高价。
优雅，
优雅，
世代传扬佳话。

2015 年 10 月 1 日

---

① 窝仔：指海南省万宁市万城镇窝仔村，海南殷氏发祥地。
② 万宁：指海南省万宁市。

春 望

雾锁环山绝鸟音，
繁花丝雨客无心。
午阳穿透云烟散，
春树莺歌脸贴金。

2022 年 4 月 1 日

网　晒

晒草花香晒旅游，
晒娃可爱晒温柔。
世人欢喜把图晒，
图晒安能慰别愁。

2022 年 7 月 28 日

年轻人

单身落脚许拼租，
快捷专车线上呼。
一日三餐潮外卖，
手机似手不能无。

2019 年 11 月 9 日

昨夜无眠

三更酒醒桩机叫，
塔吊天灯亮一宵。
大厦如林千万套，
工薪无力号难摇。

2019 年 10 月 26 日

愁

城乡处处是低头，
夜里翻屏恋不休。
上网少年疏典籍，
快餐文化使人愁。

2018 年 6 月 2 日

自动拣茶机

自动谓高科，
高科又若何？
劳工惊失业，
自动不该多。

2018 年 5 月 4 日

踏莎行·留守

屋后鸡鸣，
庭前鸟语。
老牛远望身收步。
兼程日夜共儿年，
新衣玩偶搬回府。

父子团圆，
爹娘小住。
小儿学业无功顾。
两天三夜忍心离，
爷孙留守思儿苦。

2017 年 2 月 19 日

念奴娇·昔时少年

昔时年少，驾黄牛，田埂扬鞭狂趋①。原野山坡驱"战马"，伙伴疯狂嬉闹。蕉叶充刀，树枝作剑，竹管冲锋号。心中崇拜，放牛蒙敌二小②。

最爱天热风高，下河戏水，墙缝掏红鸟③。白昼敲锣追麦雀，黑夜捉拿粮盗④。装扮包公，公堂断案，昂首青天调。时光飞逝，黄毛英俊苍老。

2016 年 10 月 7 日

---

① 趋：奔跑。
② 二小：词中指引诱日军进入八路军伏击圈的放牛娃王二小。
③ 红鸟：还未长毛的小鸟。
④ 粮盗：指在麦田偷吃小麦的麻雀。

诉衷情令·寄海南宗亲

　　2015年9月30日至10月2日，参加海南窝仔殷氏五修宗祠的落成庆典活动，受到海南宗亲的热情接待，感慨万端。一年过去了，海南宗亲殷文波、殷泽师（住琼海市）相继回访祖地，拜谒祖先。两地联系日益紧密，又是一年国庆节，填词一首，聊表思念。

去年窝仔庆新宗，
佳节喜相逢。
族人欢聚庭院，
亲切笑谈中。

秋去返，
寄飞鸿，
信三封。
春花秋月，
椰果兰香，
思念重重。

2016年10月1日

母亲节感怀

袋鼠生儿最苦心,
子规巢寄① 震飞禽。
平湖船过无痕水,
唯有慈亲似海深。

2018 年 5 月 13 日

---

① 子规:杜鹃,典型的巢寄生鸟类,习惯将卵产在其他鸟的巢中,由其他鸟代为完成孵化和育雏。

萌

娇花嫩叶伴春生，
孔雀猫熊万种情。
要问鸡年何炫眼，
人前洞绔^①正风行。

2018 年 5 月 14 日

---

① 绔：同裤。

木兰赞

绿叶红花一样春，
从军替父女儿身。
柔然征战功勋著，
弃爵还乡侍母亲。

2018 年 4 月 15 日

变

　　2014年除夕，一家人吃年夜饭，父亲给孙子外孙分红包。侄儿侄女也给大家发微信红包，年轻人纷纷刷屏抢红包。此情此景，让我记起小时候父亲在灶台前给儿女分硬币作压岁钱的情景，遂吟诗一首。

　　　　儿时压岁盼分币，
　　　　春晚红包摁手机。
　　　　少小新正城里闹，
　　　　而今除夕老家归。

　　　　　　　　　　　　2016年2月7日

偶　感

　　端午夜看中央 4 套新闻，画面上出现端午龙舟赛。想起韩国江陵端午祭申遗，于是提笔写下了《偶感》。

> 龙舟竞渡救灵均^①，
> 香粽抛江缘护身。
> 端午民情源楚国，
> 韩人争屈乃何因？

2016 年 6 月 9 日

---

① 灵均：战国时期楚国文学家屈原的字。

捣练子·送哥远航

军港上，
战船旁，
目送阿哥去远航。
海浪常言侬^①话语，
海鸥常唱妹歌行。

2016 年 9 月 20 日

---

① 侬："我"的意思。

论　诗

日观夜读心香处，
提笔循章皆可诗。
灵感瞬间成律句，
歌吟朗朗远无期。

2017 年 1 月 25 日

炒冷饭

萝卜鲜红玉米黄，
松仁包菜绿葱香。
茶油鸡卵轻轻炒，
冷饭谁言不值尝。

2019 年 8 月 5 日

儿时刈麦

杏黄梅艳麦低头，
云雨潇潇夏刈愁。
五月米缸粮不接，
面糊包菜亦珍馐。

2021 年 5 月 30 日

游 湖

长堤日落客游稀，
碧浪高低夜鹭归。
莫怪襟裾风乱舞，
美人①列队把花挥。

2019 年 1 月 12 日

---

① 美人：指泉州西湖堤上种植的美人树。美人树也叫美丽异木棉，冬季
开花，给寒冷萧瑟的冬天增添了许多美丽和生机。

夜游湖

晚霞天际夜归鹰，
夜奏鸣虫水面灯。
正是一年春好处，
湖滨漫步有佳朋。

2019 年 3 月 3 日

游泉州西湖

长堤漫步玉桥凉，
吹面湖风冷带香。
岸上美人①花树暖，
谁家娘子彩虹装?

2019 年 1 月 4 日

---

① 美人：指美人树，冬天开花。

龙虎山（新韵）

送女儿乔鑫到鹰潭上大学，顺道游览了道教圣地——龙虎山。因成七绝一首。

泸溪① 两岸风光美，
碧水丹山白鹭飞。
崖壁洞中传故事，
四峰连立虎龙威。

2016 年 9 月 3 日

---

① 泸溪：指流经龙虎山景区的泸溪河。

上饶的山

　　送女儿去鹰潭，乘高铁过上饶。铁路边一望无际的稻田中藏着许多低平的小石山，高仅一两米，上面都不生草木，一律的红褐色。平生第一次见如此景观，甚感新奇。

铁色山丘似小桃，
小坡如甲不生毛。
只因羞愧希夷^①事，
永远低头不敢高。

2016 年 9 月 1 日

---

　　① 希夷：叶挺，字希夷，皖南事变中被扣押，关在上饶集中营。

岱仙瀑布（新韵）

先是坐竹筏漂流德化桃仙溪，之后又和几位同行游览了石牛山的岱仙瀑布。瀑布水量非常大，飞泻直下 184 米，被誉为"华东第一瀑"。

日照石牛^①披彩虹，
崖前烟雨一白龙^②。
闷雷昼夜传溪涧，
疑似鹰愁^③战悟空。

2006 年 7 月 8 日

---

① 石牛：指德化县的石牛山。
② 白龙：指《西游记》中的西海龙王三太子，因误食了唐僧的白马，被观音点化，锯角退鳞，变成白龙马，驮唐僧西行取经。
③ 鹰愁：白龙等候唐僧去西天取经的地方——蛇盘山鹰愁涧。

永福观樱花

遍野茶园缀粉装，
心疑天女落山乡。
朱樱自觉时分短，
满树红花报旭光。

2018 年 3 月 10 日

游 春

　　网络上，众人所"晒"的春游照片，大多是红花，少有青草、绿树，感觉世人有点偏心，因而吟就此绝。

　　　　碧水蓝天春景秀，
　　　　踏青美拍对花红。
　　　　世人总爱偏心眼，
　　　　只见樱彤漏翠葱。

　　　　　　　　　　　　　　2018 年 2 月 28 日

赏花偶感

春树枝头百万花，
金蜂采蜜夕阳斜。
早知世上高糖累，
寄语昆皇^①舞伴蛙。

2018 年 4 月 23 日

---

①昆皇：诗中指蜜蜂。因钦佩其酿蜜辛劳，无端觉得蜜蜂就是虫中王者，因而称之"昆皇"。

风

温顺送甘霖，
心愉奏雅音。
发疯来揭瓦，
谁可把风擒。

2018 年 5 月 3 日

十六字令·亭

亭，
漫漫征程送远行。
栏边凳，
风雨倍温馨。

2016 年 2 月 7 日

苍梧谣

风，
淘气温柔全不同。
来无影，
转眼去无踪。

2016 年 9 月 16 日

赞宗贤

2023 年，海南殷氏五修宗谱，殷泽文、殷承志功勋卓著，深得宗亲赞誉，特作嵌名诗一首以赞之。

泽宗润裔谱文馨，
承祖光先矢志深。
诗礼传家宗鼎盛，
丹青熠熠耀功勋。

2022 年 1 月 4 日

海南行

霞光碧海雁飞声，
玉露金风玉宇成。
盛事万宁花炮响，
闽山飞越向南行。

2021 年 12 月 26 日

庆"三八"湖滨木栈小酌（新韵）

楼影霓虹万盏灯，
龙湖微浪满天星。
江滨节庆女生乐，
向上同心姐妹情。

2018 年 3 月 12 日

示儿（其一）

东方云彩美如虹，
夜幕婵娟笑碧空。
几度水云遮望眼，
何时日月共苍穹。

2018 年 5 月 26 日

示儿（其二）

白兰高俊蕊芬芳，
地豆低沉把子藏。
夏去秋来花落尽，
厨房麦饼满油香。

2018 年 6 月 17 日

题埔任殷祠

月池笔架^①地钟灵，
沃野清溪毓众丁。
科甲连绵多俊秀，
宗功祖德荫长青。

2023 年 4 月 3 日

---

① 月池笔架：安溪县埔任殷氏宗祠，坐落于笔架山下，门前有半月池，
四周蓝溪环绕，良田万顷。

°心虹集°

己亥杂思

非洲豚疫几空棚，
秋肉提篮妇女惊。
改口鱼虾多素食，
此时肥减最聪明。

2019 年 10 月 16 日

让爱回家

烟花齐放染东天，
游子无归异地年。
让爱回家同喜乐，
长亭一曲倍思迁。

2021 年 2 月 15 日

章台柳 · 依恋

南飞雁,
南飞雁,
去岁温冬出行晚。
即使飞花早避寒,
勿忘三绕湖边汉①。

2018 年 9 月 9 日

---

① 湖边汉:指湖边垂钓的老汉。

文都泉州

刺桐翠柏草深深，
燕脊红砖寺少林。
武艺传承观剑影，
中原古韵品南音。

2018 年 11 月 30 日

渔歌子·寒钓

旭日东升照碧湾，
鹭鸶舒翼逛蓝天。
竿笔挺，
线绵延。
寒江垂钓老翁闲。

2016 年 12 月 28 日

忆秦娥·再见殷祠

秋风笛，
红墙玉宇雕梁碧。
雕梁碧，
万宁数一，
鲁班亲笔。

集思广益成佳室，
捐资献地宗心赤。
宗心赤，
谱祠连缮，
上苍恩锡。

2021 年 12 月 25 日

秋游石龙谷

高山幽谷笑清泉，
绿树香花负氧鲜。
旱滑漂流空索道，
竹竿开合舞翩跹。

2019 年 11 月 13 日

周末偶得

贾岛推敲宰相拦，
拈须延让苦心钻。
诵吟台上千秋句，
不教诗人一日安。

2018 年 10 月 7 日

南歌子·飞机上作

2015 年 10 月 1 日至 3 日,福建安溪殷氏宗亲进兴、千枝、亚婷、治民、荣辉参加迁琼万宁市殷氏大宗祠落成庆典。有感于天公作美,旅途顺利而作。

出行杜鹃[①]后,
归时彩虹[②]前。
祠庆倍思先。
碧空秋日爽,
万宁天。

2015 年 10 月 3 日

---

① 杜鹃:指 2015 年 9 月 29 日登陆福建莆田的第 21 号台风。
② 彩虹:指 2015 年 10 月 4 日登陆广东湛江的第 22 号台风。

清溪新貌

　　2023 年 5 月 2 日晚，观看了安溪县大龙湖大型水景灯光表演，被其美妙绝伦的喷泉、灯光、音乐所震撼；也被其恰如其分的山水篇、文化篇、改革篇、时代篇的介绍所感动。联想到清溪八景的变迁和安溪新景观的涌现，因成此律。

凤髻山前小溪场①，
千年古邑着新装。
山腰绿道桃樱艳，
湖岸诗廊草木芳。
雁塔文峰②毫颖锐，
清心③宝印础台方。
牌坊④渡口虹桥美，
都护⑤茔前稻米香。
弥勒开怀观笔架，
福壶翘首泡茶乡。

---

① 小溪场：安溪建县前的称呼。
② 文峰：诗中指安溪大龙湖畔的雁塔，因形状像笔，故别称"文峰塔"。
③ 清心：诗中指大龙湖畔金钱山上的清心阁。
④ 牌坊：大龙湖水闸桥东边原有古牌坊，牌坊下又有"坊脚渡"古渡口；后牌坊毁坏，渡口也被铭选大桥所替代。
⑤ 都护：诗中指宋朝爱国名将刘锜，刘锜曾任陇右都护，多次击败西夏军。

凤山倒影鱼虾戏，
湖面喷泉玉女藏。
坐钓葛盘⑥穿蚓饵，
行舟芦濑⑦报流糠。
东皋鱼社⑧鲶鱼肉，
南市酒家⑨赤眼汤。
夕照阆岩⑩茶树白，
晓霞薛坂⑪水天光。
清溪八景今何在？
处处瑶台问凤凰。

2023 年 5 月 4 日

---

⑥ 坐钓葛盘：葛盘坐钓，清溪八景之一。

⑦ 行舟芦濑：清溪八景之一。

⑧ 东皋鱼舍：清溪八景之一。

⑨ 南市酒家：清溪八景之一。

⑩ 夕照阆岩：阆岩夕照，清溪八景之一。

⑪ 晓霞薛坂：薛坂晓霞，清溪八景之一。

后 记

　　整理完诗稿，掩卷沉思，十年来的日日夜夜，所见所闻，所思所感，历历在目，犹如电影般在脑海中闪回。

　　《心虹集》得以付梓，要感谢安溪县文艺社科基金的鼎力资助，感谢安溪县委宣传部、县社科联和县文联的大力支持！同时还要感谢安溪县楹联学会会长陈坤玉先生在百忙之中拨冗阅稿，并提出宝贵的修改意见！感谢龙津诗社陈伟阳先生多次对诗稿提出独到的修改指导！最后还要感谢李昌鹏先生的大力支持和精辟指导！感谢出版社全体编辑专家的厚爱与辛勤付出！

　　《心虹集》即将与读者见面，我心潮澎湃、喜忧参半。喜的是自己十年心血之作终于可以有了一个展示；忧的是自己知识浅陋、能力有限，书中难免存在诸多不足。在此恳请广大读者不吝赐教，大力斧正，以便再版时更正。

作者 2024 年 5 月 1 日于凤城